CABALLO Y MOSCA

¡BAILA, BAILA, BAILA!

D1254617

Los libros ¡Me gusta leer!™ han sido creados tanto por reconocidos ilustradores de libros para niños, como por nuevos talentos, con el propósito de infundir la confianza y el disfrute de la lectura en los pequeños lectores.

Queremos que cada nuevo lector diga: "¡Me gusta leer!"

Puede encontrar una lista de más libros de la colección Me gusta leer, en nuestra página de internet: HolidayHouse.com/MeGustaLeer

CABALLO Y MOSCA

¡BAILA, BAILA, BAILA!

Ethan Long

¡Me gusta leer!™

HOLIDAY HOUSE • NEW YORK

¿Qué haces?

Bailo.

Soy el mejor bailarín.

¡Me sé los mejores bailes!

No bailas.

Y ahora pareces un robot.

Este baile se llama "el robot".

No sabes bailar.

Sí sé bailar.

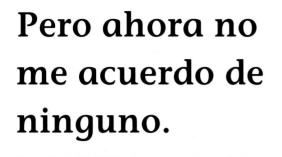

Pero ahora no me acuerdo de ninguno.

No sabes bailar.

Mira. Bailé.
¿Estás feliz ahora?

¡Vaya! ¡Qué
buena canción!

¿Caballo?

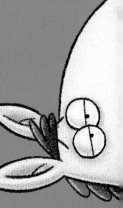

¿Qué haces?

Descanso. Bailar
tanto me cansó.

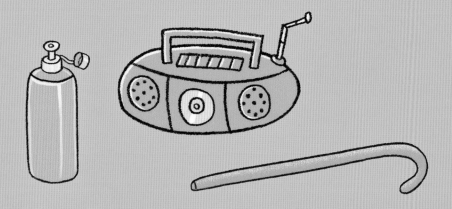

Copyright © 2018 by Ethan Long
Spanish translation copyright © 2020 by Holiday House Publishing, Inc.
Spanish translation by Eida del Risco
All Rights Reserved
HOLIDAY HOUSE is registered in the U.S. Patent and Trademark Office.
Printed and bound in March 2020 at Tien Wah Press, Johor Bahru, Johor, Malaysia.
The artwork was created digitally.
www.holidayhouse.com

1 3 5 7 9 10 8 6 4 2

First Spanish Language Edition
Originally published in English as *Horse and Buggy Dance, Dance, Dance!*, part of the I Like to Read® series.
I Like to Read® is a registered trademark of Holiday House Publishing, Inc.

Library of Congress Cataloging-in-Publication Data

Names: Long, Ethan, author, illustrator.
Title: ¡Baila, baila, baila! / Ethan Long.
Other titles: Dance, dance, dance! Spanish
Description: First Spanish language edition. | [New York] : Holiday House,
[2020] | Series: ¡Me gusta leer! | Audience: Ages 4-8. | Audience:
Grades K-1. | Summary: Horse and Buggy are best friends, but Horse likes
to dance and Buggy does not--until Horse shows him how to get down!
Identifiers: LCCN 2019039878 | ISBN 9780823446865 (paperback)
Subjects: CYAC: Dance—Fiction. | Horses—Fiction. | Carriages and
carts—Fiction. | Best friends—Fiction. | Friendship—Fiction. |
Spanish language materials.
Classification: LCC PZ73 .L643 2020 | DDC [E]—dc23
LC record available at https://lccn.loc.gov/2019039878

¡Me gusta leer!

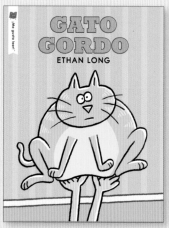

GATO GORDO
ETHAN LONG

Tengo un jardín
Bob Barner

Veo un gato
PAUL MEISEL

¡A mí no!
Valeri Gorbachev

MIRA CÓMO CORRO
Paul Meisel

Gato feliz
Steve Henry

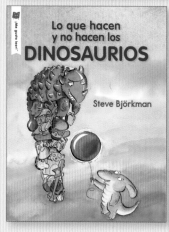

Lo que hacen
y no hacen los
DINOSAURIOS
Steve Björkman

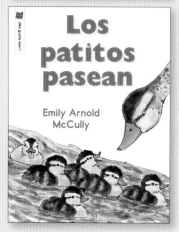

Los patitos pasean
Emily Arnold McCully

MOMO
Ethan Long